JN065646

The Nutcracker

Ballet Stories, produced by
Tetsuya Kumakawa

くるみ割り人形

303 BOOKS

　バレエは、ダンサーのテクニックと感情がうまく溶け合ってはじめて、見る人の心を打つ美しい表現となります。

　感情を表現するためには、演じるキャラクターの心の動きや作品に描かれた世界について、想像力を働かせることが大切です。そして、音符の一つひとつが、まるで台詞であるかのように、登場人物たちの心情を思い描きながら、肉体で表現していくのです。

　この本では、Kバレエカンパニーがこれまでつくり上げてきた『くるみ割り人形』の世界を、絵と文章で表現しています。物語の主人公であるクララは、クリスマス・イヴの夜、ドロッセルマイヤーに誘われ、人形の国へと出かけます。こうした異世界の存在は、子どもだからこそ感じることができるものなのかもしれません。そこでくり広げられる冒険やさまざまな人形との出会いなど、この作品の魅力を、本書を通して感じてほしいと思います。

　子どもから大人まで、頭のなかで文章がおどり、絵が動く。そんな、想像力をかきたてられるような読書体験となることを願っています。

K-BALLET COMPANY 芸術監督

熊川哲也

主な登場人物

人形の国

マリー姫

人形の国のお姫さま。

王さま、お妃さま

マリー姫の父と母。

ねずみ王とねずみたち

人形の国に呪いをかけに
やって来た者たち。

近衛兵隊長（くるみ割り人形）

マリー姫の婚約者。呪いで姿を
変えられ、くるみ割り人形に。

ドロッセルマイヤー

人形の国の王さまからねずみの
呪いをとく方法を相談され、人
間の世界へ。

シュタールバウム家

クララ

この物語の主人公。人形
の国を救うため、冒険へ。

フリッツ

クララの弟。いたずら好き。

シュタールバウム氏、シュタールバウム夫人

クララの父と母。

ねずみに呪われた
マリー姫

—

　人形の国の夜は、世界のどんな国の夜よりも美しいはずでした。

　人形たちがいきいきと暮らすこの国では、いつもなら日がしずむと、こんぺいとうのお星さまが夜空に輝き、ばら色の湖を美しく照らし出していたのです。毎晩その水面で、貝がらの船に乗った人形の恋人たちが、うっとりと愛をささやきあっていました。

　けれどもこの夜だけはちがったのです。

　こんぺいとうのお星さまは、綿あめの雲にかくれてしまって、まっくらやみ。とても静かで、まるでこの国で暮らす人形が残らず消えてしまったようでした。

　こんな夜は、はじめてです。

もちろん、本当にだれもいなくなった、なんてことは
ありません。都にある、クッキーで建てられたお城のな
かには、王さまやお妃さまやそのご家族、家来たちが
いました。でも、みんな深く眠りこんで、だれもこの夜
のおかしさに気づいていなかったのです。

　お城のもっとも奥の部屋の見はり番、ブリキ猫もそう
でした。いびきもかかずに扉の前で、ぐっすり眠りこん
でいます。部屋には王さまとお妃さまの大事なひとり娘、
マリー姫がいるのに、これでは役に立てません。

　ほら、ブリキ猫の近くをあやしい影が通りすぎました。
ねずみです。

　人形の国と争いを続けるねずみの国の兵士たちです。

　1匹や2匹ではありません。10匹、20匹……100匹
よりも、たくさんのねずみがいます。

　ねずみたちはブリキ猫がぐっすり眠っているのをいい
ことに、ガリガリとかじって扉に穴をあけ、部屋のなか
へと入りこんでしまいました。

　ねらいは、うすもも色の吊しカーテンで包まれた、マ
シュマロのベッドのなか。ええ、マリー姫です。

　美しい姫はそのときちょうど、愛しい婚約者の夢を見
ていました。いつも姫のそばにいて、なにかあればすぐ
に来てくれる近衛兵隊長と、夢のなかで貝がらの船に乗
り、ばら色の波にゆられていたのです。

　けれど、そのやさしい波がとつぜん大波になると、姫
はおどろいて目をさましました。

カーテンのむこうを見ると、たくさんのねずみがまわりをかこんで、ベッドをゆらしています。

マリー姫はどうすることもできず、ふるえるしかありませんでした。ねずみたちはキイキイ、チュウチュウと声を上げて、姫をもっとこわがらせようとしています。

そのうち、ひときわ大きなねずみが現れました。

どす黒い体に、ギョロギョロと動く不気味な目玉。

カチカチとせわしなく鳴るするどい歯。

頭には、ギラギラした冠をのせています。

なん万ものねずみを支配する、ねずみの国のねずみ王です。かれはどこから運んで来たのか、大きな金のくるみをかかえています。

「助けは来ないぞ、みんな眠らせたからな。いいか、ぜんぶお前たちが悪いんだ。なんでも食べていいといったくせに、うそつきの人形どもめ……」

王はぶつぶつと、よくわからないことをいっています。

「おれはもう信じないぞ。だれの言葉も信じない」

金のくるみを高く持ち上げ、かれはさけびました。

「むくいを受けろ！ 人形の国に災いを！」

とたん、マリー姫におそろしいことがおきました。

その顔が奇妙にゆがんだかと思うと、姫のつぶらな瞳がギョロギョロとした目玉に、愛らしかった歯がギザギザのするどい歯に変わったのです。

口は耳もとまでさけて、どこから見てもねずみにしか見えません。

なにもかも、ねずみ王のせいでした。王はひきょうにも、呪いで姫をねずみに変えてしまったのです。
　姫だけではありません。
　胸さわぎを感じてめざめ、すぐにかけつけた近衛兵隊長も呪われて、まったくちがう姿に変えられました。隊長だけでなく、人形の国の民もおおぜい呪われて、灰色の衣をまとう不気味な姿に変えられてしまったのです。
　呪われなかったのは、少しの近衛兵と、王さまとお妃さまだけでした。ふたりは大変悲しみ、どうにかねずみの呪いがとけないものか手をつくしました。そうしてお城の図書室の、本という本を調べさせたところ、しばらくたってようやくその方法がわかったのです。
　鍵となるのは、ねずみ王が呪いに使ったくるみでした。あれはクラカトゥクくるみといって、人間の荷馬車にひかれてもけして割れない、世界一かたい特別なくるみだったのです。そのくるみをねずみ王の武器で割る。そうすれば、人形にかけられた呪いはとけるというのでした。
　ところが、まだ問題がありました。
　クラカトゥクくるみを割ることができるのは、この世でもっともけがれなく、信じる力を持つ人間だけだということもわかったのです。
　そこで王さまは、旅に出ていた相談役のドロッセルマイヤーを呼びもどしていいました。
　「ドロッセルマイヤーよ、たよりはお前だけだ。人間の世界へ行って、呪いをとく者を探し出すのだ！」

シュタールバウム家を訪れたなぞの人物

　クリスマスの前の日、ニュルンベルクというドイツの町に、さらさらと雪が降（ふ）りはじめました。

　（明日になっても、ふっているかな）

　大通りぞいにあるりっぱなおやしきのガラス窓（まど）から、外のようすをながめている子がいます。シュタールバウム家の7つになったばかりの女の子、クララです。

　（このまま降（ふ）り続けたらきっと、わたしのおうちはお砂糖（さとう）をふるったケーキみたいにまっしろになるわ）

　こんな空想遊びがクララは大好きでした。

　今もひとりで、おやしきとそっくり同じ形の大きなケーキを思いうかべて楽しんでいます。

　いつもこんな調子ですから、クララはときどき弟のフ

リッツに、「へんなの！　なんでもないのに笑ってさ」

なんて、いわれることがありました。

前は気になりませんでしたが、クララはこのごろそんなふうにいわれると、なぜか少しだけはずかしい気持ちになるのでした。

「いけない、いけない」

ガラス窓に映った顔に気がついて、クララはにんまりと上がった自分のほっぺを両手でおさえつけました。

窓の外で遊ぶフリッツに見られたら、またなにか、いわれてしまいます。

とはいえフリッツは、雪だるまをつくったり、雪投げをしたりと、クリスマスを楽しむのにいそがしくてそれどころではなさそうです。今夜はおやしきでクリスマスパーティーが開かれますから、この坊やはなおのこと、はしゃいでいるのです。

もちろんクララもパーティーが楽しみでなりません。

「あ、見て！　お父さま、お母さま。ほら、窓の外よ」

シュタールバウム家のパーティーに招待されたみんなが、通りの向こうからぞくぞくとやって来ます。

おじさん夫妻といとこの女の子が見えると、クララはいてもたってもいられなくなって、お父さまとお母さまといっしょに玄関を出ました。

「はっくしゅん！」

雪のせいで朝よりもずっとこごえます。でも、クララは寒さなんか気になりません。

手をふって、いとこのもとへかけ出します。

「メリークリスマス！ ねえ、すごいのよ。早くなかへ入って。プレゼントがたくさんなんだから！」

クララはいとこの手を取ると、ぐるぐるといっしょに回りながら教えてあげました。

「本当？ 本当に本当？」

いとこは目を輝かせて、早くおやしきに入ろうと両親の手を引いていきました。クリスマスパーティーを前にしたら、どんな子どもも気持ちがおさえられません。

フリッツは大声を出してかけまわり、大人たちに注意されてしまったほどでした。おやしきの前は馬車が行きかっていますから、気をつけなければいけません。

今も、職人のようなコートと帽子を身につけた男の人が、あやうく馬車とぶつかりそうになったところでした。

「おっと、申しわけない」

馬車に頭をさげると、その男の人はまた歩きはじめました。赤い布におおわれた包みをかかえて、地図を見ながらきょろきょろと、なにかを探しているようです。

「そこのきみ。このおやしきがどこか、わかるかい？」

かれは遊んでいたフリッツを呼びとめ、たずねました。

地図には赤く印がついています。フリッツはその印の場所が自分の住むおやしきだと気がつくと、すぐに母親のシュタールバウム夫人を連れてきました。

「まあ、なにかご用かしら？」

夫人が話している間、父親のシュタールバウム氏は招

待客をむかえ終えて、クララやフリッツとおやしきへ入っていきました。馬車も通りすぎて、あたりには夫人とこの職人らしきなぞの人物のほか、もうだれもいません。

「このおやしきは、どちらでしょうか？」

かれは地図を指さして夫人にたずねました。

「あら、ここですよ。我が家がそうですわ」

「ああ、よかった。ご依頼のものをお持ちしました」

いいながら、かれはかかえていた包みから赤い布を取りはらい、ふくろうの飾りがついた時計を出しました。

「まあ、これは……」と、夫人は思わず受け取りましたが、時計なんて注文した覚えはありません。ですがそのわけを聞く前に、ふしぎなことが起こりました。

そのなぞの人物が手をかかげたとたん、雪のひとひらひとひらが、空中でピタリと動きを止めたのです。雪だけではありません。シュタールバウム夫人もおやしきの窓にうつる人影も、なにもかも止まっています。

かれが魔法を使ったのです。このなぞの人物は、人形の国の王さまに、クラカトゥクくるみを割る人間を探せと命じられた、相談役のドロッセルマイヤーでした。かれは時間と空間をあやつり、世界と世界をつなげて行き来する、一級の魔法使いなのです。

「やはりここか。わたしの考えにまちがいはない」

ドロッセルマイヤーはつぶやくと、時が止まったシュタールバウム家のおやしきへ入りました。まるでおやしき全体に歓迎されたかのように、ゆうゆうと。

パーティーで
クララは天使を見る

——

「あら、ドロッセルマイヤーさん。ようこそ我が家へ」

シュタールバウム夫人はまるで、昔からの友人をむかえるようにいいました。ドロッセルマイヤーは時間を止める魔法をとくと、招待客としてとけこめるよう、広間のみんなに新しい魔法をかけたのです。

広間では、クリスマスパーティーの準備がすっかりととのっていました。干しぶどうやりんご、栗といっしょに焼き上げた七面鳥の香ばしい匂いがただよっています。

天井に届くほどの大きなツリーには、金や銀のりんご飾りがぶらさがり、その下にはプレゼントの箱がたくさん積まれていました。そのなんとも楽しい風景を、広間のすみの柱時計が見下ろしています。ドロッセルマイヤ

ーが、包みにあった時計を大きく変身させたものです。

「ごらんなさい、クララ。めずらしい時計だそうよ」

シュタールバウム夫人はそれを、夫が時計職人のドロッセルマイヤーに注文した時計だと思いこんでいました。

もちろんそれもドロッセルマイヤーの魔法のせいです。

「説明書きもあるのよ。ふくろう時計というらしいわ」

「ふくろう、どけい……本当だわ、時計の上にふくろうがいる。お母さま、あのつばさ、本物みたいね！」

おどろくクララの横を通り、ドロッセルマイヤーは広間のなかほどへ進みました。

「さあ、みんな。ツリーのてっぺんにこれを飾ろう」

かれは天使の木像を取り出すと、それを高々と持ち上げてみんなに見せました。ドイツではクリスマスツリーの頂上に、この木像を飾る家が多いのです。

「早く、早く！」

「これでツリーの完成ね！」

大人たちが天使を取りつける間、子どもたちは飛びはねてよろこびました。飾り終われば、いよいよクリスマスパーティーのはじまりです。ふくろう時計を見上げていたクララも、急いでやって来て仲間に入ります。

ところが、みんながツリーの頂上の天使を指さして大さわぎするなか、クララだけはツリーの真下を見ていました。なぜって、そこに天使が現れたからです。

木像ではありません。本物の愛らしい天使が、ツリーの下からこちらへやって来たのです。

天使はクララに近づくと、優しくほほ笑んであいさつをしました。いったい、なにが起きているのでしょう。でも、そこにいるのはやっぱり天使にちがいないのです。

クララはお母さまに、天使のことを教えてあげようとしました。けれど夫人は隣（となり）の人との会話に夢中（むちゅう）です。そうしている間に天使は広間から飛び去ってしまいました。

クララは天使を追いかけましたが、ドロッセルマイヤーとぶつかりそうになって、見失ってしまいました。

「おや、どうかしたのかな」

「ううん。ええとね……」

天使を見たなんていったら、笑われるかもしれません。クララはなにもいわず、お母さまのそばにもどりました。

もちろん、ドロッセルマイヤーはなにが起きたのかを知っています。かれは人形の国を救（すく）う人物を探（さが）すため、魔法（まほう）で呼（よ）んだあの天使に気づく人間はだれか、時計の後ろからながめていましたから。

クラカトゥクくるみを割（わ）り、ねずみの呪（のろ）いをとくことができるのは、この世でもっともけがれなく、信じる力を持つ人間だけです。けがれないといえば、大人よりも子どもたちでしょう。だからドロッセルマイヤーは、子どもがたくさん集まりそうな、りっぱなおやしきのパーティーへ来たのです。

そして今、かれは本物の天使が見えるほどけがれなく、信じる力を持つ子ども、クララを見つけ出したのでした。

（あの子ならきっと、人形の国を助けてくれるぞ）

世にもふしぎな
人形劇

———

「さあ、飲んでおどって、楽しみましょう！」

お父さまのシュタールバウム氏がそういうと、いよいよクリスマスパーティがはじまりました。

にぎやかな音楽が流れ出し、フリッツたち男の子はおどっているのか、さわいでいるのか、わからないほど大はしゃぎしました。クララは女の子たちにまざって、ツリーの下のプレゼントの山を見ながら、なにが入っているのか当てっこをしています。でも、時間がたつと男の子も女の子も関係なく、みんなで手を取りあってうきうきとおどり出しました。

トンネルごっこもしました。みんなで列になって向かいあい、おたがいの手のひらをくっつけてトンネルをつ

くり、順番にくぐりぬけて遊ぶのです。

　クララは１番最後にトンネルをくぐると、まっすぐにドロッセルマイヤーのもとへ行っていいました。

「ねえ、おじさんもいっしょにおどりましょうよ！」

　さっきはお話しできませんでしたが、クララはあんなにすてきな時計を持って来てくれたこの時計職人と、もっと仲良くなりたいと思っていたのです。

　ドロッセルマイヤーは子どもたちの輪のなかに入りました。もちろんかれは子どもと遊ぶのをいやがる大人ではありません。音楽にあわせて軽やかにはねて、だれも見たことのないおどりを披露すると、クララたちにそのおどりかたを教えてあげました。大人たちも興味深そうにまわりをかこんでいます。

「まだまだ、面白いのはここからさ」

　そういって、ドロッセルマイヤーはとつぜんポケットのなかから、なにかを高く放り投げました。そのなにかは、空中で金色のつえに大変身。子どもたちが手をたたいてよろこぶなか、つえはサンタクロースの格好で現れたシュタールバウム氏にわたされました。

　サンタクロースが来たということは、待ちに待った時間のはじまりです。子どもたちへ次々と、クリスマスプレゼントがわたされました。

　お菓子に絵本、お洋服。みんなは包みのなかを想像しながら、幸せいっぱいの笑顔で受けとりました。フリッツは兵士のおもちゃをもらって大満足。かわいい女の子

の人形をもらったクララは、どんなにうれしいか、だれかに話したくなりました。ちょうど大人たちのおどりがはじまるところですから、お母さまをひとりじめするわけにはいきません。そこで車いすに座ってみんなを見守っている、おばあさまのもとへ行くことにしました。

「あのね。この子はクララっていう名前なの、わたしと同じにするのよ。おもちゃのおうちに招待して、わたしの好きな、こんぺいとうもあげるでしょう、貝がらの船も、いろんな国の絵はがきも見せてあげるの。アラビア、中国、ロシア、フランス……」

サンタからもとの姿にもどったお父さまが、お母さまと優雅におどりを楽しむなか、おばあさまはクララの話を、お日さまのようにほほ笑んで聞いてくれました。

「えー、みなさま。ここでぜひともお目にかけたいものがあるのです。よろしいかな？ よろしいですね！」

広間にドロッセルマイヤーの声がひびきました。

かれが大変面白く、パーティーをもり上げる天才だということは、もうみんなよく知っています。注目するほか、ありません。

ドロッセルマイヤーの合図で、使用人たちがなにやら準備をはじめます。そうして出来上がったものに、おどろかない人はいませんでした。広間にとても小さな、けれどりっぱな舞台が組み上がったのです。

「さあさあ、世にもふしぎな人形劇をごらんください。おや、フリッツくん。どうせ、うそのお話だって？ い

いや、だれかが信じるかぎり、これは本当の物語さ」

　閉じていた幕が上がり、いよいよ劇がはじまりました。

　舞台の上に王とお妃の人形がいます。お姫さまの人形
も現れました。かれらは人形だというのに、どういうわ
けかいきいきと動き出して、歌いおどりはじめました。

　♪人形の国は平和な国　王とお妃　いつも仲良し
　姫のマリーは美しく　ずっと楽しく暮らしていた
　ところが姫は呪われて　それはみにくい姿になった

　お姫さまの人形の顔が、とつぜんねずみに変わりまし
た。でも、クララがおそろしくなってふるえていると、
舞台に勇ましい近衛兵隊長の人形が現れました。

　♪姫を愛する隊長は　姫を救うため戦った
　姫を呪ったねずみの王に　命をかけて剣をふるった
　でもかれも最後には　ねずみたちに負けてしまった

「そんなのだめ、だめ。かわいそうよ！」

　隊長がたおれると、クララは思わずさけびました。劇
が終わり片づけがはじまっても、涙が止まりません。す
ると、ドロッセルマイヤーが来ていいました。

「泣かないで、クララ。物語はまだ終わらない。ほら、
きみにこの人形を贈ろう」

　それは隊長と同じ赤い隊服の、くるみ割り人形でした。

第1幕

クララ、
くるみ割り人形を
もらう

——

　クララがもらったくるみ割り人形は、変わった姿をしていました。大きすぎる頭に見開いた目、むきだしの歯。体には、細すぎる足がぶらさがっています。

　「なんとも格好悪いだろう。でも、このかれこそあの近衛兵隊長なんだよ。一度はねずみのやつらに負けたが命は助かった。呪われて、こんな姿にされたがね」

　ドロッセルマイヤーは小さな声でクララにいいました。

　もちろん、さきほどの劇は人形の国で本当に起こったことです。マリー姫がねずみに変えられたあと、隊長はただくるみを割るだけの、くるみ割り人形にされてしまったのです。その人形をなぜドロッセルマイヤーがクララに贈ったのかというと、それには理由がありました。

ねずみ王に立ち向かうには、隊長の力が欠かせないからです。この世でもっともけがれなく、信じる力を持つ人間、そのクララがクラカトゥクくるみを割るには、ねずみ王の武器が必要です。武器をうばうには、隊長がいなければむずかしいでしょう。

　しかし隊長はこのとおり、くるみ割り人形にされて心を失ってしまいました。

　このままではとても戦えません。

　そこでドロッセルマイヤーはクララに望みをかけて、人形の国のできごとを劇で伝え、くるみ割り人形をたくしたのです。人形には、子どもの笑顔がなにより力になりますからね。

　（クララ、たのんだぞ。隊長をよみがえらせておくれ）
　かれは祈るような気持ちでクララを見つめました。

ドロッセルマイヤーは、風がわりな見た目のくるみ割り人形をクララがきらわないか、気がかりだったのです。

　でも、心配はいりませんでした。

　「この子、格好悪くなんかないわ。わたし、とっても気に入ったもの。うん、この子ならきっと、人形の国を救ってくれるわね。ありがとう、おじさん！」

　クララはくるみ割り人形がもつ、なんともいえない優しさや気高さを、しっかり感じ取っていたのです。

　「まっしろな服を着せたら、王子さまみたいに見えるかもしれないわ。ねえ、くるみ割りさん」

　クララはくるみ割り人形をにこにこと見つめ、ごきげんに話しています。それから人形をだき上げると、クララはくるくると回り、いっしょにおどりはじめました。回るたび、くるみ割り人形の黒い瞳にだんだんと光が宿っていきます。

　ドロッセルマイヤーにはそれがなぜかわかりました。きっと隊長が心と力を取りもどしたのです。やっぱりクララこそ、人形の国を救う人物にちがいありません。

　「ふん。変な人形。そんなの、王子さまなもんか！」

　とつぜんフリッツが大声を出して、クララからくるみ割り人形を取り上げました。クララだけプレゼントをふたつもらって、かれはどうにも面白くなかったようです。うばった人形をふりまわし、男の子たちと広間をうるさくかけまわっています。そんなことをしているうちに、くるみ割り人形の首がすぽんとぬけてしまいました。

「やだ。いや、いやよ」

　大事な人形の首が床に転がって、クララは当然泣き出しました。車いすのおばあさまのところへ行くと、そのひざに顔をうずめて、フリッツを見ようともしません。

　でも、そんなクララの肩を優しくたたく人がいました。

「泣かないで。ほら、お友だちはもう大丈夫だよ」

　ドロッセルマイヤーです。かれはどうやったものか、わずかな時間でくるみ割り人形をもとどおりにして、クララにわたしてくれました。

　大事なくるみ割り人形がもとにもどって帰ってきて、クララはとても安心しました。仲良しのいとこたちが、それぞれにプレゼントされた人形を持って、いっしょに遊ぼうとさそってくれましたし、おばあさまにもなぐさめられて、ようやく落ちついた気分になれたのです。

　ところがフリッツのいたずらは、まだおさまりませんでした。お父さまからクララにあやまるようしかられても、この坊やはごめんなさいのふりをしただけで、まったくこたえていなかったのです。

　かれの次のいたずらは、くるみ割り人形をこわしたよりも、もっとひどいものでした。

　なんとラッパをふきながら、広間へねずみを追い立て来たのです！

　もちろん、パーティーは大さわぎ。

　ご婦人がたは悲鳴を上げています。

　ドロッセルマイヤーは、ねずみを1匹つかみ上げると

きつくにらみつけ、床にたたきつけようとしました。

相談役をつとめる人形の国を、あんなふうにおそわれたのですから、かれがねずみを憎むのも当然です。しかしその気持ちには、怒りだけでなく、どうしようもないくやしさもありました。

というのも、かれはマリー姫が呪われたころ、ちょうど旅に出ていたからです。人形の世界と人間の世界をつなぐ秘密の通路のようすが、つながったりとぎれたりとおかしくなって、それを調べに行っていました。

ねずみ王はきっと、魔法使いのドロッセルマイヤーが人形の国にいないことを知り、そのすきをついたにちがいないのです。

自分さえいれば人形の国は今も無事だった。そう思うと、ドロッセルマイヤーはくやしくてしかたがありませんでした。

「そんなに怒ってどうしたんです。ねずみなんか外に出して、最後のおどりを楽しもうじゃありませんか」

シュタールバウム氏にいわれると、ドロッセルマイヤーははっとして、すぐにねずみを放りました。

人間の世界でほかの人の記憶に強く残るようなことをしたら、あとあとやっかいなことになりかねません。魔法使いというものは、昔から人間と、なかでも人間の大人と関わってはならないのです。

パーティーが終わりに近づいて記念写真を撮る技師がやって来たときも、ドロッセルマイヤーは写真にうつる

まいと、技師をおしのけ撮影役にまわりました。

「もう終わり？　もう、みんな帰ってしまうの？」
　しばらくすると、お別れのあいさつが聞こえるように
なりました。招待客がひとりふたりとシュタールバウム
夫妻に手をふって、おやしきから帰っていきます。
　クララはさみしくなって、くるみ割り人形をだきしめ
ました。おとなしくなったフリッツも、お友だちとのさ
よならがいやなようです。でもお酒を飲みすぎてふらつ
いている人もいますから、もうおしまいの時間でした。
　「さあ、ふたりともお部屋にもどってベッドに入りな
さい。そうそう、プレゼントは置いていくようにね」
　お母さまにいわれて、クララとフリッツはしかたなく
２階へ向かいました。おばあさまが最後にくれたキャン
ディーのつえや、くるみ割り人形や兵士の人形を、ツリ
ーの下にみんな残して。

32
／
33

ふくろう時計の鐘が鳴るとき

———

　パーティーが終わったあとのおやしきほど、静かなものはありません。クララには、クリスマスの朝をむかえるまでの夜が、いっそう暗く長いように思えました。

　そう、クララはおやしきでひとりだけ、ずっと眠れずにいたのです。ベッドの上で一生懸命に目をつむっても、まぶたの裏にくるみ割り人形の姿がうかんでしかたありませんでした。

　1階の広間には、きっともうだれもいません。お父さまは使用人たちにねぎらいの言葉をかけて下がらせ、最後のロウソクの火も消されたはずです。

　クララの大事な人形は、今ごろそんな暗い部屋で、ぽつんとさみしく立っているのです。

「そんなの、かわいそう。あんまりよ」

くるみ割り人形の姿を思うと涙がにじみます。そこでクララは、こっそり部屋をぬけ出そうと決めました。

大人に見つからないよう、足音をたてずに階段をおりて、ひとりで広間へ向かったのです。

「こんばんは、ふくろう時計さん」

くらやみのなか、だんだんと目がなれて、クララは広間のすみのふくろう時計にあいさつをしました。

時計は前からそこにあったかのように部屋になじんでいます。時計の柱の部分は戸だなになっていて、さきほどフリッツがあけしめして遊んでいましたから、クララは自分でもあけてみたくなりました。

でも先に、やらなければいけないことがあります。

「ああ、よかった。これでもう、さみしくないわ」

クララはツリーのもとへかけより、くるみ割り人形をだき上げました。ぱかりと開いた大きな口がまるで笑っているようで、クララもにっこりと笑顔になりました。

ところが、すてきな時間はそこまででした。

キイキイ、チュウチュウ、いやな声が聞こえてきたのです。がさがさごそごそ、不気味な音がひびいています。

「きゃあ！ あっちへ行って。やめてったら、もう！」

大きな影が広間のはしからはしを、行ったり来たり。パーティーに現れたねずみよりも、もっとずっと、怪物のように大きな2匹のねずみが現れました。

クララは人形をだいて、必死にねずみから逃げました。

と、そこでチリーン……と音がしました。清らかな音が続けて12回、広間のすみずみまでひびきわたります。

だれか来たのでしょうか。クララはちょうどしゃがみこんでいましたから、あたりのようすがわかりません。

思いきって顔を上げると、ねずみたちは音に気を取られているようでした。逃げるなら今です。クララはくるみ割り人形をかかえたまま立ち上がりました。

ところが2匹のねずみはすぐに気を取りもどし、クララをまたしつこく追いかけはじめました。

「あっ！ なにをするの。待って、返して！」

大変です。ねずみがクララの腕からくるみ割り人形をうばいました。2匹はそのまま、ふくろう時計の戸をあけて、まっすぐなかへと入っていきます。

なんともふしぎな話です。さきほどフリッツが柱の戸だなをあけたときには、そこにたながあったのに、扉の向こうには今、青く光る道が見えています。クララは道の奥へ去るねずみを見ながら立ちつくしました。

時計の扉はすぐに閉じ、もうだれもいません。

涙がなんつぶも流れました。朝を待って、だれかに助けてもらったほうがいいでしょうか。いいえ、きっと夢でも見たんだといわれて、笑われてしまうでしょう。

ですから、自分でやるほかないのです。

「待っていてね、くるみ割りさん」

クララは勇気をふるいました。大事なお友だちを助け

るため、時計の扉をあけ、青く光る道を進んだのです。

「行ったか……」

　ふくろう時計の後ろからドロッセルマイヤーが現れました。あの清らかな音は、かれが鳴らしたふくろう時計の鐘の音。鐘が12回鳴り、針が夜12時を指したとき、時計は人形の国へ続く秘密の通路とつながったのです。ドロッセルマイヤーは隊長を探しに来たねずみを利用し、クララが通路に入るかどうかを見守っていたのでした。

　大事なものを守りたいという気持ちがなければ、この先の戦いには勝てません。だからかれは、つらい思いをさせることになってもクララの勇気を確かめたのです。

「あの子なら、大丈夫だ。ねずみ王め、待っていろ」

　秘密の通路はこのところ、つながったりとぎれたりとおかしなようすで、ドロッセルマイヤーは自分でも調べていたほどですから、クララが無事に向こうへたどり着けるかどうか心配でした。それでもねずみの呪いをとくためには、クララに人形の国へ行ってもらわなければなりません。

「レナ、レナーク、サイチートン、ウヨダラカ！」

　両手を広げ、ドロッセルマイヤーは長い呪文を唱えました。通路に入った人の体が小さくなる魔法の呪文です。これでクララは通路を進むうちにうんと小さくなって、向こうの世界に入ることができるでしょう。大きなクリスマスツリーの下に広がる、小さな人形たちの世界に。

第1幕

くるみ割り人形

クララ、
人形の国へ行く

——

　ふくろう時計の扉のなかは、あたり一面青く光っていました。どこかの出口へ向かって道があるわけではなく、クララがただなんとなく歩くと、その先がさらに強く輝いて、しぜんと道ができていくのです。

　（急がなきゃ、くるみ割りさんを助けなくちゃ）

　クララはもう、ドロッセルマイヤーが見せてくれたあの人形劇が、本当に起きたことだとわかっていました。

　真夜中の広間に現れた2匹のねずみは、人形の国をおそったねずみ王の仲間にちがいありません。劇で見たねずみ王の、あの毛むくじゃらの体を思い出すと、クララは足が重たくなって地面に吸いこまれるようでした。

　「あんなねずみと戦うなんて、できるはずないわ」

でもそうして立ち止まりそうになると、光の道は輝き
を失って、急に消えてしまうのです。だからクララは
　「だめよ、行くの。くるみ割りさんを助けるの！」
　と、自分を何度もはげましました。そうやって一歩ふ
み出すと、道は輝き出し、また続いていくのです。
　がんばってしばらく歩くと、どこからか呪文のような
声がひびきました。とつぜん体が軽くなり、クララがふ
しぎに思っていると、今度は道の先に扉が見えました。
　きっと、あれが出口です。かけ出すと、クララは扉
を少しだけおして、すきまから外をのぞきました。
　砂けむりが上がっていますが、目をこらすとあたりの
ようすが見えます。遠くから近くまで大きなプレゼント
の箱が積まれ、山脈のようにつらなっていました。大き
なモミの木が、天をつらぬくようにのびています。
　見覚えのあるながめでした。ここはおやしきの広間の、
クリスマスツリーの下に広がる世界なのです。あの青い
道を通る間に、自分がとても小さくなったと知って、ク
ララは大変おどろきました。
　それだけではありません。砂けむりのなかにたくさん
の影が見えます。そこらじゅうで人形の兵士とねずみが
戦っていました。ねずみたちの先頭にはフォークを持っ
た大きなねずみがいます。クララは思わずさけびました。
　「ねずみ王ね。劇で見た、あの毛むくじゃらだわ！」
　ねずみ王はおもちゃの馬に乗った兵士と戦っています。
その兵士は、勇ましくねずみ王に剣を向けていました。

通路のなぞと
クララの祈り

――

「くるみ割りさん！　くるみ割りさんだわ！」

　おもちゃの馬を乗りこなし、あんなに勇ましく戦う兵士が、くるみ割り人形でないわけありません。

　クララは扉から飛び出して、大事なお友だちのもとへ急ぎました。

　とはいえ、あたりは危険な戦場です。ちょうど、ねずみの軍団がスプーンでできた投石機を運んで来たところでした。チーズの砲丸がいきおいよく放たれ、クララめがけて飛んでいきます。

「いけない、よけるんだ！」

　さけんだのは、くるみ割り人形でした。

　かれはすぐさまかけ出して、クララをかばいチーズの

砲丸を肩に受けました。苦しげに、でも痛みをこらえつつ、それでもまだクララを守ろうと立っています。

「ここは危ない。安全な場所へ逃げるんだ！」

そういわれても、大事なお友だちのそばから離れるなんて、クララにはできません。

ねずみ王は相手が痛手を負ったと知って、ここぞとばかりに攻めてきます。大きなフォークをふりかぶり、するどい３つの刃でとどめをさそうと、くるみ割り人形をねらっているのです。

このままでは、大事なお友だちの命が危ない。クララはどうにか助けなければと考え、あたりを見回しました。

プレゼントの山のふもとに見覚えのあるものがあります。おばあさまにもらったキャンディのつえです。

つえといっても、クララはうんと小さくなっていますから、本物のつえよりも大きなキャンディです。でも力いっぱい持ち上げれば、持てない大きさではありません。

クララはプレゼントの山のふもとへ走ると、よろけながらキャンディのつえを持ち上げて、そのまま「えい！」と、ねずみ王の頭にふり落としてやりました。

「う、うう！」

ねずみ王はくらくらしたようすです。手下のねずみたちにささえられて、ようやく立っているありさまでした。

「これで終わらせるものか。覚えていろよ」

ねずみ王はくやしそうにいい捨てると、軍団をひきつれ、戦場をあとにしました。

人形の兵士もあとを追いかけ、あたりにはもうだれもいません。クララと、たおれこんだくるみ割り人形のほかは。

「起きて、くるみ割りさん。どうしたの、いやよ」
　呼びかけても、かれは肩をおさえたまま動きません。
　どうすればいいのでしょうか。クララはお友だちを助けられず、こわくて悲しくて、しかたありませんでした。
「泣いているのかい、クララ」
　ふり返ると、そこにドロッセルマイヤーがいました。クララはたまらなくなって、涙をあとからあとからあふれさせ、どうしたらくるみ割り人形を助けられるのか、ドロッセルマイヤーに聞きました。
　するとかれは、クララをじっと見つめていいました。
「こわかったね、クララ。つらかったね。でもね、大丈夫だよ。君にしか、できないことがあるんだ。泣かないで、心から信じてみよう。そして祈るのさ。できないことは、なにもないんだ」
　ドロッセルマイヤーは、すべてがこの女の子にかかっていると、もうわかっていました。
　世界と世界をつなぐ、ふくろう時計の秘密の通路は、このところとぎれがちでした。
　人形の国を救うため、ほかに方法がなかったとしても、クララを送り出したことは、やっぱりとても危険な賭けだったのです。

しかしこの女の子はひとりきりでも、こちらの世界の扉まで無事にたどりつきました。

　そこでかれは思ったのです。

　きっとクララはこわくても、自分を信じてふくろう時計のなかを歩いたにちがいない。だからこそ道はとぎれず人形の国へ続いたのだ、と。

　クララは自分自身で道をつくり出したのです。

　この世でもっともけがれなく、信じる力をもっているクララだからこそ、きっとそれができたのでしょう。

　だからドロッセルマイヤーは、クララが自分を信じればできないことはなにもないと、そう思いました。

　なんといってもその力は、世界一かたいクラカトゥクくるみを割って、ねずみの呪いをといてしまうほど、強い力のはずですから。

　「お祈りすればいいの？」

　ドロッセルマイヤーに見つめられて、クララは聞き返しました。たしかに、ほかにできることはないように思えます。クララは胸の前で指を組みました。そしてお祈りの言葉を唱えるのではなく、いつも空想遊びでしているように、信じて思いうかべたのです。

　大好きなお友だちが元気になった姿を。

　だれよりも優しく勇ましい、王子さまのようなくるみ割り人形を。

くるみ割りさんが、もとの姿にもどりますように。

そうしたら、そのそばにはマリー姫がいますように。

天使さまも来て、ふたりを祝福してくれますように。

そうやってお祈りするうちに、クララはマリー姫がかわいそうでたまらなくなりました。ねずみに呪われて、いまごろどんなに苦しんでいるでしょう。どんなにか、くるみ割り人形の助けを待っていることでしょう。

「大丈夫よ。きっとかならず、助けてみせるんだから」

クララは空想のなかのマリー姫に約束しました。

するとその心のつぶやきに、なぜか返事がありました。

「ああ、そうとも。きっとかならず、助けてみせる」

くるみ割り人形です。

息をふき返したくるみ割り人形が、目の前にいます。

クララの祈りが通じたのです！

「あの夜、愛する人を守れなかった自分のことが、ぼくはずっと許せなかった。だからこんなけがで、まいってしまったんだ。でも今はちがう。きみとなら……」

かれの瞳は、勇気にあふれて輝いていました。

「クララ。きみとなら、ぼくはねずみ王をたおせるって信じられる。強い気持ちを持てるんだ。だからふたりで、きっとかならず、人形の国を救ってみせよう！」

もう、こわいものなんてありません。クララは笑顔で、くるみ割り人形が差し出した手を取りました。

「うん。きっとよ。いっしょに、きっと、かならず！」

くるみ割り人形

第1幕

雪の森を
ぬけて都へ

──

「そういえば、呪いをとくにはどうすればいいの？」

クララはふしぎに思って、マリー姫やくるみ割り人形や、人形の国のみんなにかけられたねずみの呪いがどうすればとけるのか、ドロッセルマイヤーにたずねました。

「おや、まだ教えてなかったかな。王さまとお妃さまは呪われなかったからね。おふたりが手をつくしてその方法がわかったのさ。クララ、きみの力が必要なんだよ」

ドロッセルマイヤーは、クララがクラカトゥクくるみを割らなければ呪いはとけないこと、それにはねずみ王の武器がいることをくわしく話しました。

「それなら、早くねずみ王をつかまえなくちゃ」

あわてるクララに、今度はくるみ割り人形が答えます。

「いや、まずは人形の国の都へもどろう。兵士たちも
やつらを追いはらって今ごろもどっているはずさ。ねず
みはしつこいんだ。かならずまた攻めこんでくる。だか
ら準備をととのえて、都でむかえうつというわけさ」

　なんてかしこい人形でしょう。クララはうれしくなっ
て、「うん！」と大きくうなずきました。すると今度は
ドロッセルマイヤーが、クララをだき上げていいました。

　「さあ、わたしの魔法のそりで出発といこう。雪の森
をぬければ、ひとっ飛びだよ」

　「雪の森？」

　「雪の王と女王がおさめる森さ。ほら、空をごらん。
あの大きなクリスマスツリーをね。枝に雪がかぶさって
いるだろう。今から行く場所は、そこからさらさらと雪
が降り続ける、信じられないほど美しいところなんだ」

　ドロッセルマイヤーの言葉どおり、雪の森にはクララ
がこれまでに見たことのない景色が広がっていました。

　お砂糖よりもさらに細かい雪が、音もなく宝石のよう
にきらめいて舞っています。その結晶のひとつぶひとつ
ぶが、よく見ると氷のドレスを着た雪の精でした。

　クララたちがそりで森をぬける間、雪の精はおおぜい
で風にのって、おどりを見せてくれました。

　その風は、雪の王さまと女王さまが笑顔でクララに手
をふるたびに、優しく静かに森をふきぬけるのでした。

　「いってらっしゃい、クララ。無事を祈っていますよ」

ついに割られた クラカトゥクくるみ

　魔法のそりで雪の森をぬけ、ばら色の湖を飛びこえて、クララたちは人形の国の都に着きました。

　都はどこを見てもあまいお菓子でできています。ナッツの石だたみにレモネードの噴水、チョコレートの家々。クララは目に映るすべてを味わうようにながめました。

　やがてお城が見えてくると、その壁も塔もクリームの飾りがついた、クッキーでできているとわかりました。

　城門の近くには、灰色の衣を着た人形たちがうろうろしています。姫と同じく姿を変えられた人形の国の民たちです。ドロッセルマイヤーによると、かれらは華やかな装いを楽しんでいたのに、呪いで灰色の衣ばかり着るようになったそうです。顔をこわばらせ心を失い、ただ

もとにもどりたいと、うつろに思っているらしいのです。

　かれらが城門に集まったのは、ちょうどお城の広場へクラカトゥクくるみが運びこまれるところだからでした。灰色の衣の人形たちは、それが自分をもとにもどすなにかだと、なんとなくわかっているようなのです。

　クララたちも城門の外から、お城のようすをうかがいました。広場の中ほどへ、世界一かたいというクラカトゥクくるみが運ばれて来ます。

　兵士が2人がかりでようやく運ぶその大きさに、クララは大変おどろきました。でも、考えてみれば自分がうんと小さくなっていますから、大きく見えるのも当たりまえです。

　「まだ見つからないのか、このくるみを割る者は」

　王さまがお妃さまと来て、悲しみの声を上げました。ふたりはなんともつらそうに手を取りあっています。

　「いえ、見つかりましたとも。お連れしましたとも！」

　だしぬけに、大きな声がひびきました。

くるみ割り人形が、いてもたってもいられず広場へ飛び出したのです。クララたちもあとに続きます。

するとすぐ、灰色の衣の人形たちがクララのまわりに寄ってきました。かれらはこの女の子が自分たちを助けてくれる人なのだと、やっぱりなんとなくわかっているようです。クララは少しだけおどろきましたが、ふしぎとこわくはありませんでした。ひどくつきまとわれても、ドロッセルマイヤーが来て守ってくれましたしね。

「さあ、クララ。人形の国の王さまと、お妃さまだよ」

ドロッセルマイヤーにいわれて、クララは進み出ました。すると、どうしたことでしょう。近づいてみてわかったのですが、王さまとお妃さまの顔は、クララの両親のシュタールバウム氏と夫人にそっくりだったのです。

「お父さま、お母さま！」

クララはつい、本物のふたりがそこにいると思って、だきついてしまいました。するとくるみ割り人形が来て、

「いいや、クララ。この方々はマリー姫のお父さまとお母さまさ。人形の国の王さまとお妃さまだよ」

と、優しくクララを下がらせました。

「ごめんなさい。わたし、まちがえちゃったみたい」

あわてておじぎをすると、ドロッセルマイヤーが正式に、クララを紹介してくれました。

「王さま、お妃さま。ながらくお待たせしました。この娘こそ、われわれがずっと探していた人物です」

王さまとお妃さまの顔が晴れやかな笑顔に変わり、ド

ロッセルマイヤーもうれしそうにいいました。

「ええ、そうです。ようやく見つけたのです。クラカトゥックくるみを割ることのできる人間を、この世でもっともけがれなく、信じる力を持つ者を！」

けれども、そのときでした。急にさわがしくなったと思ったら、兵士がかけつけ、さけんだのです。

「ねずみです。やつらが大軍でやって来ました！」

灰色の衣の人形たちが、おびえたようすで散らばっていきます。急いで門がしめられましたが、ねずみの軍団がおしよせて、あっというまに破られてしまいました。

ねずみたちがこんなに早くやって来るとは、だれも予想できませんでした。しかしこうなれば、準備はまだでも戦うほかありません。

くるみ割り人形は号令をかけました。

「全隊、戦闘ようい！ 剣をぬけ。進めー！」

ねずみの軍団が、どっと広場になだれこんで来ます。

「いけ、かじりつけ！ 勝って都を食べつくせー！」

先頭のねずみ王が、顔をゆがめてフォークをふりまわしています。

クララはドロッセルマイヤーに連れられて、広場のすみへ逃れました。ねずみの軍団は、はじめて見たときと同じように、いえ、それ以上にうんと怒っています。

クララはこわいと思いつつも、かれらがなぜあんなに怒っているのか気になりました。そこでドロッセルマイヤーに理由を聞くと、こんな答えが返ってきました。

「やつらはね、いつごろからか増え出してこの国へ来たのさ。はじめは王さまも歓迎して、お城のパーティーに呼んだんだ。お好きなお菓子をどうぞってね……」

　ところが出されたお菓子はもちろんのこと、ねずみたちはほかの招待客の分までたいらげて、それでも終わらず、都のあちこちをかじりはじめたそうです。

　人形の王さまはしかたなく、かれらを追い出しました。ねずみ王はそれをうらんでいるのです。かれの力の源は、裏切られたという怒りなのでしょう。だからあんなにいきおいよく攻めこんでくるのです。

　くるみ割り人形は勇敢に剣をふるっていますが、呪われて姿を変えられている分、おされているようでした。

　クララはハラハラしながらも、一生懸命に応援します。
「がんばって。負けないで、くるみ割りさん！」

　そのときです。

　人形の国の王さまが、はっと名案を思いつき、兵士にチーズを運ばせました。王さまはそれをねずみ王の鼻先につき出してから、いきおいよく遠くへ投げたのです。

「む、むむ！」

　新しいチーズを見たらどんなねずみも無視できません。ねずみ王は心のままに、走ってチーズを追いかけました。

　今しかありません。くるみ割り人形はねずみ王の背中に飛びかかり、かれのフォークをつかみました。

　おしあい引きあい、くるみ割り人形はついにフォークをうばいとり、その刃をねずみ王につきつけます。

「かんねんしろ、ここまでだ！」

こうなってしまっては、ねずみ王も戦えません。座り
こみ、ふるえながら両手を上げていいました。

「降参だ、助けてくれ。腹が減っていただけなんだ！」

なんといおうと、かれがしたことは許されません。人
形の王さまは「牢へ入るがよい！」ときびしくいいわ
たし、ねずみ王を鉄ごうしの塔に閉じこめました。これ
でもう悪さはできません。ねずみの軍団も散りぢり逃げ
さり、呪いをとくその瞬間が、ついにやって来たのです。

「さあ、これを」

くるみ割り人形からクララへ、ねずみ王のフォークが
わたされました。これで今からクラカトゥクくるみを割
らなければいけません。フォークの重みを感じて、いざ
くるみを前にすると、クララは不安になりました。

こんなにかたそうなくるみを割るなんて、本当にでき
るのでしょうか。マリー姫やくるみ割り人形、灰色の衣
の人形たちの呪いをとくという大役が、本当につとまる
のでしょうか。助けを求めるように、クララはドロッセ
ルマイヤーを見ました。しかしかれはなにもいわず、た
だ力強いまなざしを返すだけでした。

（大丈夫だよ。いっただろう？ 自分を信じるのさ。き
みにできないことは、なにもないんだ）

そうです。強い気持ちで信じたら、できないことは、
ないのです。クララは心を決めて思いきり、クラカトゥ
クくるみにフォークをふりおろしました。

　とたん、目をあけていられないほどのまぶしい光が、あたりいっぱいに広がりました。

　世界一かたいクラカトゥクくるみが割れたのです。

　光は、くるみのなかからあふれ出た、魔法の力そのものでした。とても大きなおおきな力が、長い間、閉じこめられていたのです。だからこそ、クラカトゥクくるみは世界一かたく、だれかを呪ってしまえるほどの力を持つようになったのでしょう。

　けれど割ってしまえばその力も消え、もうだれも悪いことには使えません。クラカトゥクくるみの力で呪われた人々も、もとの姿にもどります。

　ええ、もちろん、くるみ割り人形も。かれにむきだしの歯はもうありません。大きな頭も、細すぎる足もです。

　光がおさまると、そこには勇ましい青年の人形がいました。赤い隊服がよく似合う、人形の国の近衛兵隊長が、さわやかにほほ笑んでいたのです。

　「ああ、やっともどれた！　クララ、ありがとう！」

　クララはくるみ割り人形の願いがかなって、心からうれしくなりました。ドロッセルマイヤーの手を取って、「やったわ！」となん回も飛びはねます。

　灰色の衣の人形たちも、次々ともとの姿にもどりました。しずんだ色の衣をぬぎ捨て、明るい色の衣をまとい、こわばった顔は、にこやかな笑顔に変わっています。

　王さまとお妃さまも大変よろこびました。ふたりが待ち望んだ瞬間も、もう間もなくです。

くるみ割り人形が……いいえ、近衛兵隊長が合図をすると、うすもも色のカーテンに包まれた、マシュマロのベッドが広場に運ばれて来ました。

　マリー姫はねずみに変えられてからずっと、このベッドのなかに閉じこもり、眠り続けていたそうです。

「マリー姫、呪いはもうとけましたよ」

　姫は愛しい人の声でめざめました。カーテンの外に出てまぶしそうにあたりを見まわし、そしてやっと気づいたのです。自分の姿が、もとにもどっていることに。

「ああ、なにもかも、終わったのですね」

　姫は真珠の涙をこぼして、王さまやお妃さまと災いが去ったことをよろこびました。そしてもっとも愛しい人、婚約者の隊長にだきしめられて、幸せそうにいいました。

「あなたがねずみ王をたおしてくれたのですね」

「ええ、でも共に立ち向かってくれた子がいるのです」

　隊長はそういってクララを呼ぶと、マリー姫に紹介しました。ドロッセルマイヤーも来て、いいそえます。

「マリー姫。この小さな女の子が、ねずみの呪いをといてくれたんですよ」

　クララは少し照れながら、マリー姫におじぎしました。

　姫はうれしそうにうなずくと、隊長にお願いをして、光り輝く氷砂糖のティアラを部屋から運んできてもらいました。そしてクララの頭にそれをのせ、いいました。

「助けてくれてありがとう、クララ。今日はあなたもお姫さまになって、お祝いを楽しんでくださいね」

人形たちによる
お祝いがはじまる

——

　おそろしいねずみはもういません。

　人形たちのよろこびの声が、そこかしこでわき上がりました。トランペットと太鼓（たいこ）の音が鳴りわたり、お祝いの祭りがはじまります。

　灰色（はいいろ）の衣をぬいだ人々（ひとびと）も、すっかり自分を取りもどしていました。菜の花、ひまわり、チューリップなど、みんなはさまざまな季節の黄色い花で仕立てた服を着て、華（はな）やかにワルツをおどりました。

　あたりはまるでお花畑。なかほどでおどるマリー姫（ひめ）は、ドレスをふわふわとひるがえして、優雅（ゆうが）なちょうちょうのようでした。隊長もおどりの相手をつとめながら、うっとりと姫（ひめ）を見つめています。

クララもまた、隊長と同じようにマリー姫に見とれました。これまで空想遊びに何度お姫さまを登場させたかわかりませんが、マリー姫は思いうかべたなかでも1番に優しく、かわいらしいお姫さまだと思いました。

（わたしもあんなお姫さまになれたらいいのに……）

クララがそんなことを考えていると、まるで心のなかを読んだかのように、マリー姫が来ていいました。

「いったでしょう、今日はあなたもお姫さまですよ。さあ、いっしょにおどりましょう、クララ姫」

そうです。クララの頭の上には、氷砂糖が宝石のようにつらなった、きらきらと輝くティアラがのっているのです。今日1日は、クララもりっぱなお姫さまでした。

マリー姫にさそわれるまま、クララもワルツをおどって楽しみました。塔の上からふたりをながめる、王さまとお妃さまもうれしそうです。

「まあ、なんて愛らしいふたりでしょう」

「うむ、こんなに幸せな日はめったにないぞ。姫が生まれた日のようだ。よし、もっとお菓子を用意しよう。とびきりおいしいお菓子を、うんとつくらせよう」

ワルツが終わっても、お祝いの祭りはまだ続きます。クララはドロッセルマイヤーと観覧席に座ると、わくわくと次のおどりを待ちました。

灰色の衣をぬぎ捨てた人形のなかには、ほかの国から来た人形もいたらしく、かれらが災いの去ったお祝いに、ふるさとのおどりを見せてくれるというのです。

美しくもあやしげな音色が流れ、むらさき色のうす絹(ぎぬ)をまとった1番手がやって来ました。アラビアから来た人形たちです。ひとりは黄金の皿を持っています。かれらが静かにおどりはじめると、次第に皿から湯気が立ち、あたりいっぱい、コーヒーの豊(ゆた)かな香りが広がりました。

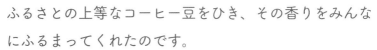

アラビア人形のみんなは、ふるさとの上等なコーヒー豆をひき、その香りをみんなにふるまってくれたのです。

次はスペインから旅して来た人形です。トランペットの音が鳴ると、かれらは大きくはね上がりました。

よく見ると、それぞれがまとうオレンジ色の衣は鳥の羽でできています。情熱的(じょうねつてき)におどるそのようすが、クララにはまるで青空を飛ぶ南の鳥のように見えました。

今度のおどり手は中国から来た人形のふたりです。人さし指を天に向け、かれらはゆかいにおどりました。

鐘(かね)の音にあわせてすばやくはねるそのようすは、おわんにお湯をそそがれた、お茶の葉のように楽しげです。

そのまた次は、ロシアから来た人形でした。おどり手のふたりは、あたたかそうな毛の帽子(ぼうし)をかぶっています。

かれらはピンとのばした足を、ねじりあめのように上に下に、みごとにさばいておどりました。

次はすみれのドレスを着た3人です。フランスから来た人形で、笛の音色でかろやかにおどりを披露(ひろう)しました。

フランス人形のあまりにかわいい姿(すがた)につられたのでしょう、門番をしていた兵士(へいし)たちもおどりに加わりました。

隊長とマリー姫(ひめ)も、お礼にふたりでおどります。

まっしろな服に着がえた隊長は、前にクララが思ったとおり、本物の王子さまのようでした。その隊長に手を取られ、ゆったりとおどるマリー姫(ひめ)はいいました。

「呪(のろ)われて眠(ねむ)りこんでいる間、わたしは夢(ゆめ)のなかでずっと泣いていました。でもそこへ天使が現(あらわ)れて、助けが来るから信じなさい、と教えてくれたのよ」

「信じてくれましたか?」

「ええ、もちろん」

姫(ひめ)の言葉に、拍手(はくしゅ)がわきます。愛しあうふたりのおどりを見て、クララもみんなも心から幸せになりました。

おどりとお菓子の にぎやかなお祭り

———

　しばらくすると、お城のシェフがはりきってつくった お菓子が運ばれ、キノコのテーブルにならびました。

　広場のみんなはおどりやおしゃべりを楽しみつつ、と びきりあまくておいしいお菓子を味わいながら、思いお もいにすてきな時間をすごしています。

　お菓子は人形の国ならではの、ふしぎなものばかりで した。クララもよく知るスモモのケーキや、シュトレン などの焼き菓子もありますが、どれもお皿に取ると、空 の上からなぜかぱらりと粉砂糖が降ってきて、さらにあ まく仕上げてくれるのです。

　こんぺいとうの流れ星を揚げたお菓子や、綿あめの雲 をちぎり、キャンディーの棒にさしたものもありました。

見はり番だったブリキ猫も来て、お皿にのったお菓子をおいしそうに食べています。

　ふたつに割られたクラカトゥクくるみの殻は、あまいソースを煮こむお鍋として、シェフの宝物になったようです。くるみの香りがする温かなはちみつと、キャラメルのソースが広場へ運ばれて来ると、鼻をくすぐるいい匂いが広がって、よろこびの声が上がりました。

　そのはちみつをクララが綿あめにかけて食べていると、すみれのドレスを着たフランス人形たちもまねをして、とても気に入ってくれました。今度クララにたんぽぽのドレスを仕立ててあげると、約束してくれたほどです。

　「ほら、ごらんなさい。マリー姫が今着ているピンクのドレスも、わたしたちが届けたのよ。朝やけの光でひなぎくの白い花びらを染めて、特別に仕立てたの」

　と、フランス人形のひとりが教えてくれました。

　その朝やけのドレスを着たマリー姫は、広場のなかほどで隊長やみんなと音楽に身をまかせ、幸せそうにおどっています。

　クララもおなかがいっぱいになると、ドロッセルマイヤーといっしょにみんなにまざっておどりました。

　こんなににぎやかなお祭りははじめてです。

　クララは今日が終わらなければいいのにと思いました。

　いつまでも、ずっとずっと……。

やがて来る
お別れの時間

「どうしたの？　お祭りはもう終わり？」

あたりが急に暗くなって、クララは奇妙に思いました。

なんともようすが変なのです。夜が来たなら、広場のランプに灯りがともってもいいはずなのに、まっくらでした。目をこらしても、お城も広場も見えません。

音楽も鳴りやみ、お祭りを楽しんでいた人形のみんなも、いなくなってしまいました。クララのそばには隊長とマリー姫と、王さまとお妃さまがいるだけです。

「ねえ。もうちょっとだけお祭りを続けましょう？」

クララはマリー姫にお願いしました。

けれども姫は、困ったようにほほ笑んでいうのです。

「ありがとう、クララ。呪いをといてくれて、本当に

ありがとう。きっとまた、いっしょに遊びましょうね」

　そうして姫は、クララをそっと優しくだきしめました。

隊長もクララの手に口づけをして

　「きみを忘れないよ。いつまでも、ずっと」

と悲しげに、でもやっぱりほほ笑んでいうのでした。

　「いやよ。わたし、ここにいたいの。帰りたくない」

　まるでお別れをいわれたようで、クララは泣いてしま

いました。でも、隊長もマリー姫も、王さまもお妃さまも、

静かに手をふって、ただあたたかなまなざしでクララを

見つめるだけでした。

　そうです。本当にお別れのときが来たのです。みんな

の姿がだんだんと、くらやみの向こうへ消えていきます。

　「さあ、クララ。おうちへ帰ろう」

　ふりむくと、ドロッセルマイヤーがいました。

　「おじさん、おじさん！　わたしね、あのね……」

　クララはまだ人形の国にいたいと、必死にうったえよ

うとしました。ところがいいかけたそのとき、急に強い

眠気におそわれて、目をあけていられなくなりました。

　「よくがんばったね、クララ。ありがとう。さみしい

けれど、帰る時間だよ。きみはちがう世界の住人だから

ね。でもね、またここへ来たければ、思いうかべるだけ

でいいんだ。そうすれば、いつでも……」

　ドロッセルマイヤーはささやきながら、眠りこんだク

ララをだき上げました。もとの世界のおやしきまで送り

届けるために……また、ふくろう時計のなかを通って。

最高の
クリスマスプレゼント

———

　クリスマスの朝のさわやかな空気を感じて、クララは
うっすらとまぶたをあけました。

　わけもなく幸せで、なん日も楽しい旅をして来たよう
な、満ちたりた気分です。

　でも見なれた部屋のようすが目に入ると、これまでの
ことをすっかり思い出して、クララはベッドからはね上
がりました。

　窓辺にかけより、いきおいよくカーテンをあけます。

　するとそこには、ニュルンベルクの町のいつもの景色
が広がっていました。雪は一晩じゅう降り続け、窓の外
は一面まっしろです。ここはシュタールバウム家のおや
しきで、やっぱり自分の部屋なのです。

くるみ割り人形はどこにもいません。ツリーの下のプレゼント山脈も、雪の精がおどる森も、お菓子でできた人形の国も、もう消えてしまったのでしょう。なにもかも、夢のなかのできごとだったのかもしれません。

　そう思うだけで、クララはひどく悲しくなりました。

　けれどベッドの足もとに置かれたプレゼントの箱に気がつくと、クララの胸はまた幸せでいっぱいになりました。もしかしたらという気持ちがこみ上げます。

　急いで箱をあけると、なかには……朝やけのようなピンクのドレスを着たお姫さまと、粉雪のようにまっしろな服を着た王子さまの人形が入っていました。

　ええ、そのとおり。人形の国のマリー姫と隊長です。
夢なんかではなかったのです。

　人形の国での冒険は、本当に起きたことでした。

　プレゼントの箱は、きっとその証。ドロッセルマイヤーが置いていってくれたにちがいありません。

　クララはふたりの人形を、ぎゅっとだきしめました。

　（ねずみ王の呪いやクラカトゥクくるみのこと、お祭りのこと、お母さまとお父さまにぜんぶ教えてあげよう。フリッツにはどうしよう？　また笑われるかしら）

　でもそんなの気にしない、とクララは思いました。

　だって、クララは本当に行ったのです。

　大好きなくるみ割り人形と冒険をしたのです。

　目をつむって信じるだけで、心のなかの人形の国へ、いつだって遊びに行けるのですから。

熊川哲也インタビュー

『くるみ割り人形』
小説化によせて

Interview with
Tetsuya Kumakawa

少女の冒険と成長を描いた、祝祭感あふれる作品

世界中で愛される、年末の風物詩的な作品

　毎年、クリスマスシーズンをむかえるころになると、世界中のおもだったバレエカンパニーが『くるみ割り人形』の準備に入ります。

　オーケストラにとって、年末にヴェートーヴェンの「第九」が欠かせないように、バレエ団にとっては、『くるみ割り人形』が冬の風物詩のような位置付けにあります。このように、毎年決まって上演される作品は他に見当たりません。それだけ、この作品が多くの方に愛されているという証でしょう。

　バレエの『くるみ割り人形』は、ドイツのE.T.A.ホフマンが19世紀に書き上げた、『くるみ割り人形とねずみの王様』という童話を原作としています。世界で初めて上演されたのは、1892年、ペテルブルクのマリインスキー劇場でのことです。

　この作品のためにチャイコフスキーが書き上げた楽曲は、現在も多くの音楽家から、彼の長編作品のなかでも最高傑作と評されています。

　また、世に知られた名曲が登場することも、この作品が人気を集める理由のひとつかもしれません。

原作に立ち返り完成した、Kバレエカンパニー版の『くるみ割り人形』

　Kバレエカンパニーで『くるみ割り人形』を初演したのは、2005年のことです。

　制作にあたって意識したのは、19世紀に上演された古典から逸脱しない範囲で、物語の整合性を高めることでした。

　なぜ、クララは人形の国へ行くことになったのか？　また、ねずみたちは人形の国にとって、どのような存在なのか？　ひもといてゆくときに参考としたのはホフマンの原作でした。

　また、バレエの『くるみ割り人形』は、ストーリーがシンプルでわかりやすいものが多く、そのため、子どもたちからも愛されているのですが、私は、そこに冒険活劇のような要素をプラスしたいと考えました。

　そうすることで、子どもから大人まで、より多くの方に楽しんでいただける作品になるだろうと考えたからです。

　古典へのリスペクトはそのままに、できる限りの創意工夫を加え、出来上がったのがKバレエカンパニー版

の『くるみ割り人形』なのです。

夢と現実の間にあるような、子どもにだけ見える世界

クララの人形の国への冒険は、作品によっては、すべて夢の中の出来事として描かれる場合もあります。しかしKバレエカンパニー版では、クララが本当に体験したことだと感じられるように描いています。

第1幕で、クララだけに天使が見えるシーンがあります。クララが純粋な心の持ち主だからこそ、天使を見ることができたわけですが、私は、こうした眼差しというのはだれしも子どものころに一度は持ち合わせるものではないかと思うのです。

悲しいことに、大人になるにつれて、皆その感覚を忘れてしまいます。

しかし大人になっても、かつて非現実的な幻想の世界を見ていたことは、記憶の片すみに残っているのではないでしょうか。

私自身にも、そのような感覚があったからか、クララの冒険は、実際に彼女が経験したこととして描いたほうが、しっくりとなじみました。

視覚的インパクトを追求してつくり上げた舞台セット

舞台のセットと衣裳は、『白鳥の湖』と同じく、ヨランダ・ソナベンドとレズリー・トラヴァースとともにつくり上げました。

『くるみ割り人形』は、さまざまなしかけがある作品です。なかでも、クララが小さくなり、クリスマスツリーが巨大化する場面は、音楽もア

Interview with
Tetsuya Kumakawa

©鷲崎浩太朗

ドベンチャラスで印象的です。

　しかし、大きくなるツリーとほかのセットとの大きさのバランスには、頭を悩ませることもありました。リアリティを追求することもできますが、そちらに重きを置くと、視覚的インパクトが失われてしまう。夢のような世界を表現するためには、見る人があっと驚くようなインパクトが必要でした。それを大切にして出来上がったのが、Kバレエカンパニーの舞台セットなのです。

美しい音楽とセットの中に現れる、詩情あふれる雪景色

　第1幕の終わりに、クララはドロッセルマイヤーとくるみ割り人形とともに雪の王国を訪れます。

　ここは、音楽のテンポや奏で方次第で、ホワイトアウトになるほど激しくもなるシーンです。しかし、クララがねずみに襲われたり、くるみ割り人形がねずみ王と争ったりと、「動」の場面が続いた後なので、雪の王国は「静」の場面にしたいと考えていました。

　また、私が北海道で生まれ育ったことも、このシーンの仕上がりと無関係ではないのかもしれません。

　私は縁あって、富良野の土地でいく度となく雪を経験してきました。猛吹雪の後、しんしんと降る雪をながめていると、不思議と癒しを感じ

©瀬戸秀美

Interview with
Tetsuya Kumakawa

たものです。そんなときの雪はとても静かで、音を立てることがありません。その景色に、私は心をうばわれたものでした。ヨランダ・ソナベンドの美しいセットは、かつて目にした雪景色の詩情を、十分に思い起こさせてくれるものでした。

雪の王国は、舞台に降り注ぐ雪に視界をさえぎられることもあり、ダンサーにとっては大変なシーンです。しかし、見る人にとっては印象深く、お客さまのなかには感動で涙を流してくださる方もいらっしゃいます。そんな風に心を動かしてもらえることこそ、エンターテインメント冥利に尽きることだと感じます。

夢の終わりのさみしさと、新たな人形との出会いを描いたラストシーン

物語の最後、クララはドロッセルマイヤーに連れられて、もとの世界にもどって来ます。

人形の国でのクララがそうだったように、子どもというのは無限に遊び、楽しいことを経験していたいものです。しかし、ベッドから起き上がりカーテンを開けたとき、クララは「楽しい時間は有限なのだ」と知ることになります。子ども時代がひとつの終わりをむかえた瞬間です。

このままでは、少しさみしく切ない幕切れになってしまいますが、救いとなるのがドロッセルマイヤーが

残した近衛兵隊長と姫の人形です。一歩大人に近づいたとはいえ、まだ少女であるクララにとって、この人形は、いつもとなりにいてくれる心強い存在となるでしょう。

また、この人形は、クララの冒険が夢のようでいて、じつは現実のものだったのではと感じさせてくれるアイテムでもあります。

舞台のエンディングは得てして難しいものです。しかし、できることならば笑顔で終わりたい。そんな気持ちもあり、出来上がったラストシーンなのです。

未来のダンサーたちへ

『くるみ割り人形』はストーリー性が強い作品です。マリー姫や近衛兵隊長、クララやドロッセルマイヤーなど、個性豊かなキャラクターたちが登場し、物語をつむいで行きます。それぞれの場面にどのような背景があるのか？ 登場人物たちはどのような気持ちをかかえているのか？ この本では文章とイラストによってつぶさに表現されています。

美しいバレエは、ダンサーの技術と感情表現が融合して生まれます。作品の世界や登場人物の心情を理解することは重要です。だからこそ、バレエダンサーを志す若者たちにこの本を読んでほしいと願います。作品への理解を深めることが、表現をみがくことにつながるのですから。

くるみ割り人形　The Nutcracker

Ballet Stories, produced by Tetsuya Kumakawa

2021年11月22日　初版発行

芸術監修 ······ 熊川哲也

文 ················ 藤田千賀

絵 ················ 粟津泰成

発行者 ········· 常松心平

発行所 ········· 303BOOKS

　　　　　〒162-0842　東京都新宿区市谷砂土原町2-7-19
　　　　　電話 050-5373-6574

デザイン ······ 細山田光宜、藤井保奈(細山田デザイン事務所)

編集 ············· 中根会美

校正 ············· 鷗来堂

印刷所 ········· 共同印刷